赫伯特 →

衣蛾中的博物馆专家，住在博物馆里。
经常旅行并品尝艺术作品。最喜欢蓝色。

乔琳德

十分勇敢，好奇心旺盛。总想着
冒险和体验新事物。

↓

赫伯特的姐姐，和孩子们
一起住在乡下。辛勤地照
顾飞蛾一家。

↑
赫敏

乔托

十分胆小，特别害怕吸尘器。知道家里的最佳藏身地在哪里。

乔克

喜欢和猫玩捉迷藏，并且总能赢，因为它飞得特别快。

乔希

总是因吃甜食而胃疼，尽管如此，还是认为西瓜味的口香糖是赫伯特舅舅带回来的最佳旅行纪念品。

这是你

贴一张照片或者
画一幅自画像

巴黎
柏林
威尼斯

我在博物馆吃艺术

〔德〕克里斯蒂娜·齐格勒◎著
〔德〕斯蒂芬妮·玛丽安◎绘
邢伊丹◎译

北京科学技术出版社
100 层童书馆

克里斯蒂娜·齐格勒不仅是作家，还是修复师以及热爱艺术的"艺术美食家"。曾在不同的博物馆工作过，现在和家人及一只猫生活在慕尼黑附近。

斯蒂芬妮·玛丽安善于从"美"中寻找灵感。曾在德国明斯特设计学院学习插画设计。动物耳语者，巧克力和艺术的狂热爱好者，爱玩文字游戏，爱大笑。曾经是"猫头鹰"，当了妈妈以后成了"云雀"。

Title of the original German edition: Kunstfresser. Aus dem Leben einer Museumsmotte

Text: Christine Ziegler

Illustrations: Stephanie Marian

© 2021 Südpol Verlag GmbH, Grevenbroich

Simplified Chinese language edition arranged through Beijing Star Media Agency & mundt agency, Düsseldorf

Simplified Chinese translation copyrights © 2022 by Beijing Science and Technology Publishing Co., Ltd.

著作权合同登记号　图字：01-2022-2034

图书在版编目（CIP）数据

我在博物馆吃艺术 /（德）克里斯蒂娜·齐格勒著；（德）斯蒂芬妮·玛丽安绘；邢伊丹译 . — 北京：北京科学技术出版社，2022.8

ISBN 978-7-5714-2369-8

Ⅰ . ①我… Ⅱ . ①克… ②斯… ③邢… Ⅲ . ①儿童故事—图画故事—德国—现代 Ⅳ . ① I516.85

中国版本图书馆 CIP 数据核字 (2022) 第 107494 号

策划编辑：邢伊丹		**电　话：**0086-10-66135495（总编室）
责任编辑：吴佳慧		0086-10-66113227（发行部）
营销编辑：刘力玮		**网　址：**www.bkydw.cn
图文制作：刘邵玲		**印　刷：**北京捷迅佳彩印刷有限公司
责任印制：李　茗		**开　本：**710 mm×1000 mm　1/8
出 版 人：曾庆宇		**字　数：**107 千字
出版发行：北京科学技术出版社		**印　张：**8.5
社　址：北京西直门南大街 16 号		**版　次：**2022 年 8 月第 1 版
邮政编码：100035		**印　次：**2022 年 8 月第 1 次印刷
ISBN 978-7-5714-2369-8		
定　价：88.00 元		

目 录

在乡下

飞蛾一家已经在小埃米尔的房间里住了很久。今天，小飞蛾们一大早就在期盼着赫伯特舅舅的到来。

它到底什么时候才来啊？

漫长的等待让小飞蛾们感到疲惫。乔琳德和乔希、乔托、乔克挤在一条皱皱巴巴的毛巾里，昏昏欲睡。

"有飞蛾靠近！"正在放哨的乔纳忽然喊道。

小飞蛾们立即精神振奋，纷纷从地板下、毛巾里、窗帘后扑扇着翅膀飞出来，聚在一起窸窸窣窣说起话来。

"我等不及要听赫伯特舅舅讲讲它这次去了哪里，做了什么。"乔琳德开心地说。

"我更关心它带了什么回来。"乔克说。

"没错！它每次都会带些礼物来。"乔纳应和道。

"希望是软乎乎的东西。"乔希满怀期待道。

"梳理梳理你们的触角！等下礼貌一点儿，别围着舅舅问个没完。"飞蛾妈妈一边说，一边整理它棕色的翅膀。

说话间，赫伯特已经从半开的窗户里飞了进来，轻盈地落在了它姐姐面前。"赫敏，很高兴见到你！还有孩子们，你们还是一如既往地贪吃又活泼啊。"它一边打招呼，一边收起了翅膀。接着，赫伯特环顾房间，说："埃米尔又画了很多画呀。这里已经变成名副其实的画廊了，像博物馆一样！真不错，我喜欢。"

这时，乔琳德飞到赫伯特舅舅身边。"这头大象是埃米尔在动物园里看到的，"飞蛾姑娘解释道，"这些机器人是他自己凭想象画的。最后一幅是他胡乱画的，当时他很不开心，但画完心情就好多了。"

赫伯特了然地点了点头。

小飞蛾们把赫伯特团团围住。赫敏从乔琳德头上摘下一团毛絮。

"赫伯特舅舅，您的翅膀怎么了？为什么您的翅膀是彩色的，我们的不是呢？"乔希问。

"城里人现在都这么穿。"赫伯特开玩笑说。它转过身去，展开翅膀，双翅在阳光的照耀下闪闪发光。

"这是颜料吗？"乔琳德小心翼翼地摸了摸赫伯特的翅膀，观察粘在它脚上的彩色粉尘。

"乔琳德，不要乱摸，这不关你的事！"赫敏紧张得触角紧绷。它不想让孩子们对外面的生活知道太多。

赫伯特却笑了起来，说："你们知道的，我住在博物馆里。颜料是在那里蹭上去的。"

乔琳德凑到舅舅身边。它对舅舅住的那座博物馆很感兴趣。

生活空间

我们最喜欢住在人类周围。塞得满满当当的橱柜、放袜子的抽屉、蓬松的地毯里都有很多美味。还是毛毛虫的时候，我们喜欢住在铺满动物毛发或羽毛的巢里。

活动时间

准确地说，我们是衣蛾。衣蛾在每年 5~9 月活动。我们喜欢在夜间飞行，不像其他许多飞蛾那样喜欢朝着光飞。

食 物

还是毛毛虫的时候，我们需要从皮毛或羽毛中获取角蛋白，那时候的我们常常在人类的纺织品上留下漂亮的蛀洞。人类的头发和皮屑也是我们的美味佳肴。一旦羽化成蛾，我们就会停止进食，专心繁育后代。

预期寿命

我们破茧后的寿命大约为 14 天。

身体外观

我们翅膀的颜色通常在浅黄色至棕色之间，具体是什么颜色取决于我们所吃的食物。平时，我们把翅膀收拢在背上，就像背着一个屋顶一样。

大 小

我们破茧后体长 6~9 毫米，翼展 10~15 毫米。

天 敌

寄生蜂对我们来说极其危险。

分 布

我们在世界各地均有分布。

繁 殖

交配后，雌性衣蛾会在食物充足的地方一次性产下 100~250 枚卵。大约 2 周后，这些卵孵化出饥肠辘辘的毛毛虫，随后毛毛虫吐丝结茧并化蛹。最后，成虫破茧而出。

注 意

衣蛾和蝴蝶同属鳞翅目，但在人类眼中，我们远远不如我们那些五颜六色的漂亮亲戚受欢迎。人类甚至把我们归为害虫。

成虫
体长 6~9 毫米

卵
长 0.5 毫米

4 天到 3 周

羽化成蛾，
破茧而出

幼虫
体长不足 10 毫米

化蛹

图 9~2

2~6 个月

衣蛾

- ☐ 喜欢夜晚
- ☐ 喜欢薰衣草
- ☐ 哺乳动物
- ☐ 喜欢袜子
- ☐ 会冬眠
- ☐ 很大
- ☐ 喜欢阳光
- ☐ 一生都在吃吃吃
- ☐ 体色多样
- ☐ 有翅膀
- ☐ 喜欢冬天
- ☐ 喜欢面包

博物馆到底是什么地方？

博物馆是保存和展示藏品的地方，是供所有人"学习"和"发现"的地方。

"museum"（博物馆）这个词本来的意思是什么？

"museum"的本义是"缪斯神殿"。在希腊神话中，缪斯是掌管艺术的女神。今天，我们也称能激发艺术家灵感的人为"缪斯"。

博物馆里只有"艺术"吗？

不，还有"自然"和"科技"。德国科隆甚至有一座巧克力博物馆。关键是博物馆的藏品要有一个主题，否则就会显得一团糟——当然，"一团糟"也可以成为主题。

纯正巧克力 75%可

博物馆是什么时候出现的?

博物馆的雏形是国王和贵族们收藏稀有和贵重物品的珍宝室。这些物品既有人类制造的,也有自然界自然形成的。除了巨大的贝壳、精美的雕刻、珍珠、珊瑚和宝石外,毛绒玩具、钟表、双筒望远镜、地球仪和天球仪等也可以成为藏品。当时的人们对某些藏品知之甚少,曾将独角鲸长长的牙齿误认为独角兽的角。

在过去,只有一部分人拥有进入珍宝室的资格。现在,我们每个人都可以参观这些装满"艺术"和"好奇心"的房子了。奥地利因斯布鲁克的阿姆布拉斯宫现在仍保留着原状陈列的展室。

伦敦的大英博物馆被认为是世界上最古老的博物馆。自它 1759 年向公众开放开始,任何有兴趣的人,无论贫富,都可以入内参观。大英博物馆最初的藏品由科学家、医生汉斯·斯隆爵士捐赠,后博物馆因藏品增多、空间过小而不断扩建。大英博物馆拥有大约 800 万件能反映人类历史的瑰宝,且对公众免费开放——不过这对飞蛾来说并不重要。

来自埃及的雕像

大英博物馆

伴手礼

"问得够多了。"赫敏打断了好奇的乔琳德，并递给亲爱的弟弟一团羊毛，"这是我给你准备的小礼物。"

赫伯特满怀期待地搓了搓脚。

"好吃，"它一边往嘴里塞一边称赞，"正宗家蛾风味！告诉我，赫敏，你是在哪里找到这种美食的？"

"暂时保密！"赫敏得意地说，"人类的一些袜子是纯羊毛的，不含合成纤维——吃了那种东西总闹肚子。天然的羊毛可是100%有机健康食品，小家伙们怎么吃都吃不够呢。"

赫伯特点了点头。"这美妙的味道！"它闭上眼睛细细体味。

"跟我来！"赫敏领着赫伯特来到两个庞然大物旁，说，"你吃的羊毛就出自这双袜子，它们被埃米尔忘在橡胶靴里了，是乔琳德找到的。"赫敏得意地公布了答案。乔琳德害羞地笑了笑，说："通常埃米尔的爸爸很快就会把袜子拿出来洗掉，所以很难找到呢。"

"那可真是遗憾。"赫伯特说。它举止优雅地闻着一根羊毛线。"你们的生活真安逸呀，平静又简单。我也想和你们一起住在乡下，不过时间一长就有点儿无聊了。当然，这里也有这里的好处。"

赫敏抖了抖翅膀，不过还没等它开始抱怨这间儿童房的危险之处，乔纳就插话说："赫伯特舅舅，给我们讲讲外面的世界吧。"

"是呀，求您了，讲讲吧。"其他小飞蛾也喊道。

赫伯特笑着说："我刚刚从法国旅行回来。法国的首都巴黎有埃菲尔铁塔和一座著名的博物馆。你们听说过卢浮宫吗？"

卢浮宫位于巴黎市中心。它曾是法国国王的宫殿，如今陈列着大量艺术珍宝，是世界上规模最大、参观人次最多的博物馆之一。

卢浮宫里有莱昂纳多·达芬奇最著名的画——《蒙娜丽莎》。

说起达芬奇，不得不说他聪明过人。他不仅是画家，还是雕塑家、建筑师、学者和发明家。

《蒙娜丽莎》

莱昂纳多·达芬奇

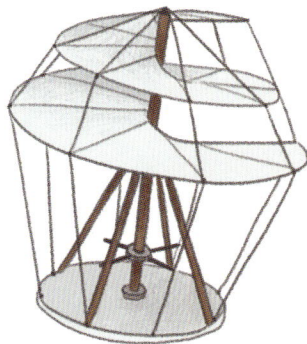

空气螺旋桨

我最喜欢他设计的飞行器！

除了艺术，赫伯特还对自然和科技感兴趣。它的"不可不去的博物馆"参观计划清单非常长。可惜它只是一只小小的飞蛾，长途旅行对它来说没那么容易。

下面这些是它已经去过的博物馆。

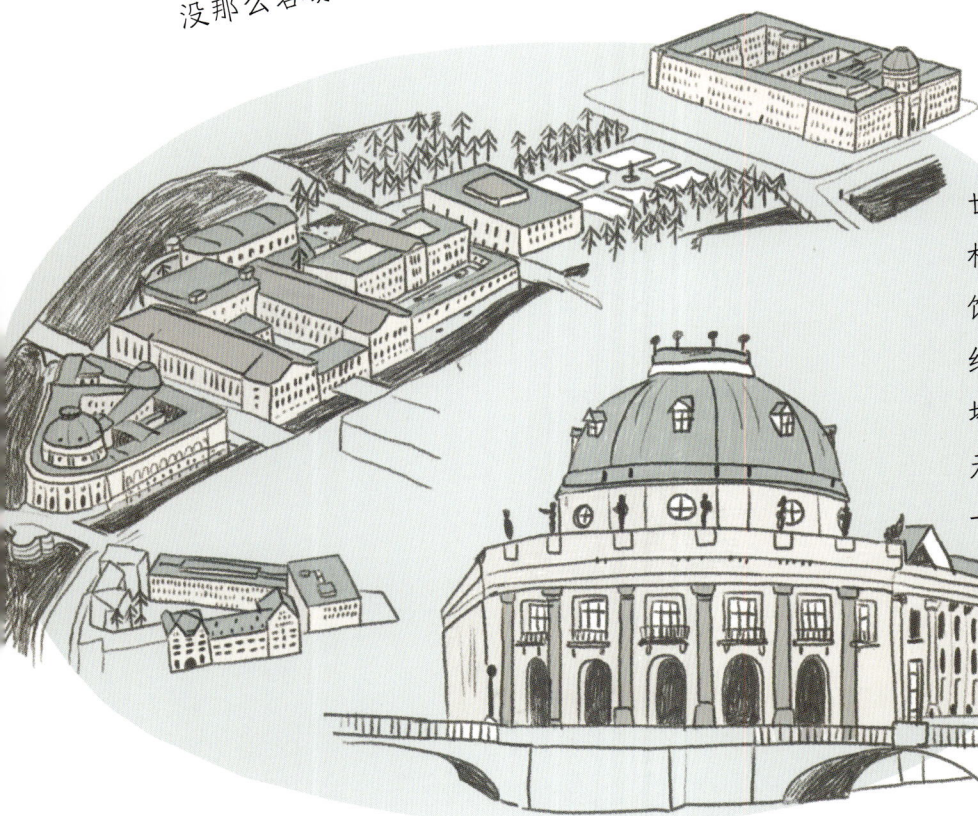

柏林的施普雷岛上足足有5座世界著名博物馆：柏林老博物馆、柏林新博物馆、国家美术馆、博德博物馆，以及佩加蒙博物馆。埃及王后纳芙蒂蒂的半身像和巴比伦的伊什塔尔城门都是这里不可不看的珍品。无论你是飞蛾还是人类，来到这里，一天的参观时间根本不够用！

柏林博物馆岛

德累斯顿绿穹珍宝馆因其绿色的穹顶而得名。萨克森选帝侯奥古斯特二世的钻石等宝石和黄金至今仍在此闪闪发光。在观光飞行中，赫伯特被这里数量众多的镜子弄得头晕目眩。

德累斯顿绿穹珍宝馆

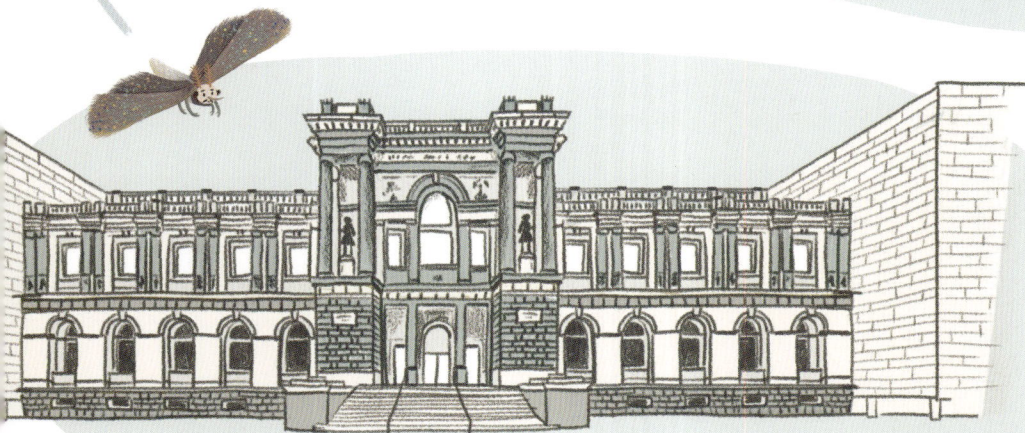

施泰德艺术馆最初的藏品并非来自皇家或贵族，而由香料商人约翰·弗里德里希·施泰德捐赠。在这里，你能看到从中世纪到现代的各种西方艺术作品——油画、雕塑、摄影作品、素描和版画。

法兰克福施泰德艺术馆

汉堡工艺美术馆

赫伯特喜欢通过寻找古老织物、地毯或服装上那些大大小小的蛀洞来追寻祖先的足迹。汉堡工艺美术馆的时尚展览展示了人类自古至今的穿着以及时尚的变化。

柏林自然历史博物馆

你可以在这里看到 1.5 亿年前的世界。这里陈列着许多恐龙化石，其中最珍贵的当属罕见的始祖鸟化石。始祖鸟，听起来真酷！它被陈列在一个特殊的展柜中，确保万无一失。你还可以在这里了解其他许多动植物。赫伯特就对蝴蝶特别感兴趣。

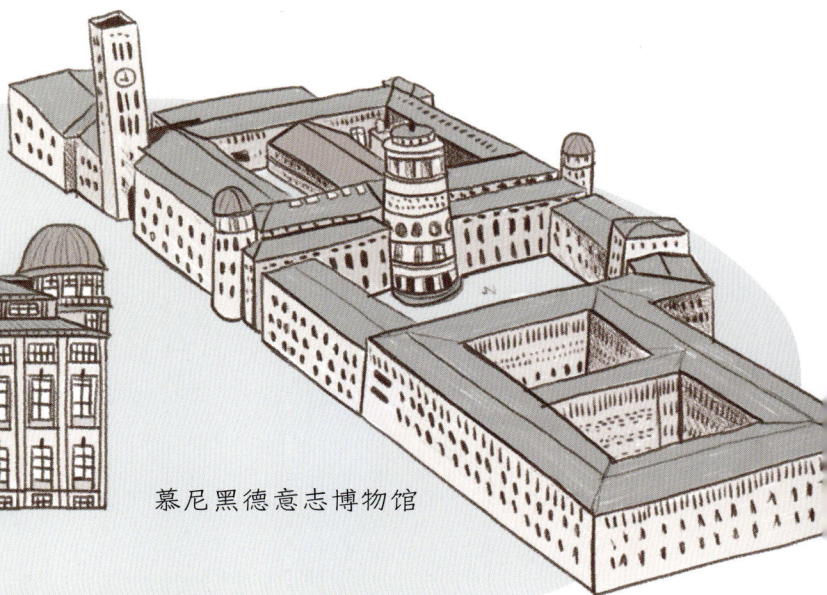

慕尼黑德意志博物馆

德意志博物馆开放于 1903 年，用于展示人类科学和技术的杰作。你作为观众可以在矿道上漫步，观看吹玻璃表演，或者在高压电流演示实验中观赏人工闪电。

赫伯特特别喜欢天文馆里的人造星空，还喜欢汽车、飞机和潜水艇。

你最喜欢哪座博物馆？

在博物馆里可以做什么？
（飞蛾也可以！）

→ 啧啧称奇

→ 发现新事物

→ 学习和微笑

→ 站或坐在展品周围

→ 参加博物馆的实践活动，
  发挥自己的创造力

没有一只小飞蛾吱声。小飞蛾们当然没听说过什么卢浮宫。

赫伯特微笑着继续道："好吧。那么猜猜看，我从那里给你们带来了什么礼物？"

"淋了草莓酱的香草冰激凌？"乔希抢答。它最喜欢香草冰激凌了。

赫伯特摇摇头："参观博物馆时可不许吃冰激凌。"

"一块嚼过的口香糖？"乔托问。

赫伯特上次来做客的时候给小飞蛾们带了一块西瓜味的、很有嚼劲的东西，后来所有小飞蛾都闹肚子了。

赫伯特再次摇摇头："参观博物馆时也不许嚼口香糖。给你们一个提示吧——这件礼物罕见而珍贵。"

"或许是一块有点儿年头的奶酪？"乔琳德想了想说。

赫伯特还是摇头："这种臭臭的东西也不能带进博物馆。"

"参观博物馆怎么这么麻烦！"乔克气愤地说，"在那儿到底能做什么？"

"人类参观博物馆时确实需要遵守一些规定。"赫伯特回答。

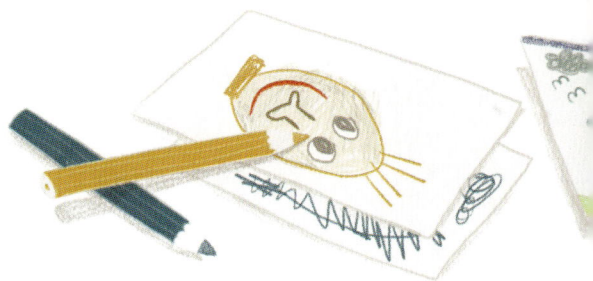

在博物馆里不可以做什么?
（只针对人类，飞蛾不受此限制！）

→ 吃吃喝喝
→ 触摸展品
→ 携带大背包或大行李箱
→ 奔跑或者尖叫

"我带的礼物可比你们想象的厉害多了。它是独一无二的。"这位见多识广的博物馆专家接着说。

它猛地从左侧的翅膀下抽出礼物，举到孩子们面前。小飞蛾们无语地看着这件礼物——一块干巴巴的蓝色泥巴。

"这是'艺术'。"赫伯特严肃地介绍。

"艺术？"乔琳德疑惑地重复了一遍，并用触角触碰了一下赫伯特舅舅口中的"艺术"，"什么是艺术？"

赫伯特陷入了沉思。它缓缓摆头，从左到右，又从右到左。终于，它开口道："艺术可以把情感和体验，简单来说就是一切，集中到一起。艺术是特别的、美好的事物，能够让我们惊叹，激发我们思考，甚至让我们流泪。"它一边说一边拿着那块泥巴踱步。"艺术无法用语言描述，只能由你们亲身去体验。"

小飞蛾们相视一笑。大人们不知道答案时就会说一些莫名其妙的话。

什么是艺术？
这里是一些回答。

很多人们以为是艺术的其实不是艺术，很多人们以为不是艺术的其实是艺术。

——瓦伦丁·塔陶，艺术家

艺术不是再现可视形象，而是创造可视形象。

——保罗·克利，艺术家

艺术让我看到了不同的道路。

——丽萨，路人

艺术就是给形象赋予意识。

——弗朗茨·马克，画家

艺术是一个问题。

——伊内斯·赛德尔，纸艺家

我授课的内在指导原则是：艺术是生活原本的样子，以及生活可能的样子。

——托马斯·菲特勒，美术老师

嗯，好吃！

艺术是一种美妙的味道。

——赫伯特，衣蛾中的博物馆专家

艺术对你来说是什么？

在任何地点、任何时间，人类都在创造艺术作品。他们这样做的原因各不相同，所选择的创作方式也各不相同。在人类的整个历史进程中，艺术发展出了许多风格。相应地，艺术创作也应用了许多技术和材料。因此，艺术发展的脚步不会停滞不前。艺术家们随时都在通过艺术作品反映时代的变迁，同时，时代的变迁也在推动艺术不断发展。

艺术会变化吗?

西班牙阿尔塔米拉洞窟岩画

石器时代

人类早在石器时代就开始绘画了。当时的大多数作品描绘的是人类狩猎和食用的动物。欧洲最古老的洞窟岩画的历史可以追溯至大约4万年前。为了保护这些岩画，许多洞窟现在只有研究人员才能进入。不过，你可以去博物馆欣赏这些岩画精妙的复制品，比如去德意志博物馆看阿尔塔米拉洞窟岩画的复制品。

许多大理石雕塑都曾是彩色的。

古典时期

古典时期，希腊人和罗马人建造了有巨大柱子的宏伟建筑，还创作了壁画、镶嵌画和真人大小的石像。他们在花瓶上绘制精美的图案，编排戏剧，书写传奇故事。当时，艺术最重要的主题是展示人类自身。

《掷铁饼者》

罗马时期和哥特时期

中世纪的艺术创作侧重于宗教题材。建筑师、画家和雕塑家大多为教堂或修道院工作。艺术家将自己视为工匠，不会在自己的作品上署名。因此，我们对中世纪的艺术家知之甚少。

小提示：罗马式建筑是圆顶的，哥特式建筑是尖顶的。

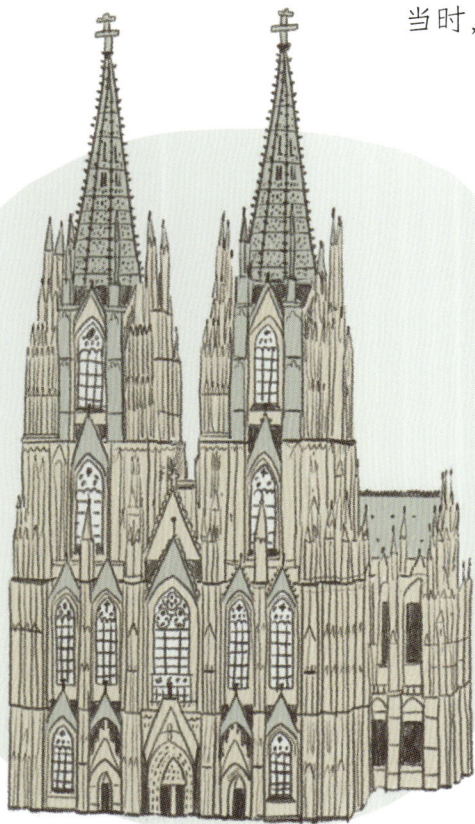

16

哥特式的科隆大教堂

文艺复兴

中世纪以后，艺术家重新重视起古典时期的艺术，并以此为标准进行创作，再次将人而非上帝作为艺术创作的重心。艺术家的自我意识觉醒了。

阿尔布雷希特·丢勒的《自画像》

印象派

这一艺术流派起源于 19 世纪后期，最早出现在法国。印象派画家想要捕捉瞬间的情绪，因此走出工作室，去户外绘画。

克劳德·莫奈的《日出》

抽象艺术

通常情况下，你一眼就能看出艺术作品所描绘的内容。抽象艺术则不同，它彻底脱离了物象和形象。这就是为什么抽象艺术也被称为"非客观的艺术"。艺术家用颜色和形状来表达。瓦西里·康定斯基和希尔玛·阿夫·克林特是抽象艺术的先驱。

瓦西里·康定斯基的《印象三（音乐会）》

抽象艺术能触动你或引发你思考吗？

关于艺术

"这只是一块又干又脏的面包。"乔希皱着鼻子嫌弃地说。

"就是。"乔克表示赞同，"它应该被吸尘器吸走。"

大家都笑了起来。

"开什么玩笑，这可是伟大的'艺术'！"赫伯特非常激动，"它出自保罗·克利笔下。"

小飞蛾们都不愿意承认自己从未听说过这个名字。它们从未去过城市或博物馆。

"他是因为会做蓝色的面包而出名的吗？"乔托难以置信地问。

我给小飞蛾们带来了一块保罗·克利用过的蓝色颜料。

保罗·克利不仅仅是一位画家，还是一位教师，曾在魏玛的国立包豪斯艺术学院任教。

小飞蛾们很失望。赫伯特舅舅总喜欢讲一些高深莫测的东西，虽然有时讲得还挺有趣的。

"埃米尔用蜡笔画大海的时候也会用这种蓝色的东西，桌子、地板，到处都是蓝色的。但是它们好看得多，它们更蓝！"乔希说。

几乎所有的小飞蛾都点头表示赞同。只有乔琳德默默地看着赫伯特舅舅手中的"艺术"，开口问道："所以……博物馆就是一座充满艺术的房子？"

赫伯特点了点头："博物馆可以解释世间万物，展示艺术精华。"

"艺术好无聊啊。"乔托抱怨道，它之前期待赫伯特舅舅带来一些特色美食。

乔希笑着搭话："我们的花园里种着三叶草，我们不需要什么博物馆。"

赫伯特舅舅听后非常生气："庸俗！庸俗！你们根本不懂艺术！"

赫敏紧张地拍打着它那淡褐色的翅膀。它不喜欢吵架。

"庸俗是什么意思？"乔希好奇地问。这个词听起来很有趣，虽然乔希根本不知道它是什么意思。

"不懂欣赏，不懂艺术，只知道吃袜子！"赫伯特粗声粗气地说，"这就是庸俗！"

小飞蛾们咯咯咯地笑了起来。赫伯特生气时特别有趣，五颜六色的粉末从它的翅膀上簌簌飘落。

"艺术能吃吗？"赫敏终于开口了。

赫伯特叹了口气。大家都以为它又要发脾气了，没想到赫伯特对它的姐姐露出了微笑。

"终于听到了一个好问题。艺术当然是能吃的，否则就不能被称为艺术了——只能用眼睛看的东西绝不是艺术。"它边说边摇摇头，"当然，每个人对艺术的理解都不一样。我喜欢闻艺术，还喜欢收集颜料屑。我在博物馆的一个隐蔽的角落里建了一座珍宝馆，准确地说，是属于我自己的博物馆。"

小飞蛾们听得非常认真。建私人珍宝馆！像在听冒险故事一样。

"我的朋友蛀虫会在艺术作品上钻一条隧道，以便深入探索艺术的世界。如果你看到艺术作品旁有一堆碎屑，那就是它们勤劳探索的成果了。蛀虫们欣赏艺术的方式就是消化它。"

艺术不仅仅存在于博物馆中。

艺术无处不在——在街头涂鸦作品里、在豪华花园间、在家里、在书中。文学、电影、音乐、戏剧、绘画、舞蹈等，都是艺术。

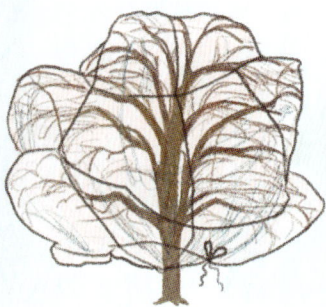

短暂艺术

有些艺术作品存在的时间很短。艺术家夫妇克里斯托和珍妮－克劳德创作了各种各样的艺术作品：他们给标志性建筑穿上外衣，给山谷拉起帷幕，或者在湖泊上架起供人行走的浮桥。他们的作品不会长期保存，在一段时间后就会被拆除。

街头艺术

这种艺术根本就不想进入博物馆。它通常以涂刷或喷绘在墙壁上的涂鸦作品的形式存在，创作者不为人知，既不靠它挣钱，也不靠它出名。来自英国的班克斯是非常有名的街头艺术家，他的作品出现在世界各地——但班克斯并不是他的真名，他不希望透露自己的真名。

艺术能吃吗？

当然。如果一道菜色香味俱全，那么它就是可以吃的"艺术"。（但人类的食物和飞蛾的完全不同。）

"保罗·克利又是谁？"乔琳德问道。

"克利是一位伟大的艺术家。"赫伯特舒展着它五彩斑斓的翅膀，"可惜，单凭一块颜料无法让你们领略艺术的精妙之处。乔琳德，你想了解更多的话，就跟我一起去一趟博物馆吧。那里有很多顶级艺术家的作品，包括保罗·克利的作品。"

"妈妈，我能和赫伯特舅舅一起去博物馆吗？"乔琳德恳求道，"我好想去看看博物馆和'艺术'。"它激动得六只脚都缠在一起了。

赫敏吓了一跳。"不！绝对不可以！城里实在太危险了。"

赫伯特喜欢的艺术作品有很多，这些只是其中的一小部分。

文森特·梵高在去世后才出名。他是最早的现代主义画家之一。

《星夜》
文森特·梵高
（1853—1890）

《胜利女神》
（约公元前 190 年）

《天鹅（17 号）》
希尔玛·阿夫·克林特
（1862—1944）

《口香糖》
（1993 年）

可是乔琳德已经长大了，知道这个世界对飞蛾来说处处充满危险。"妈妈，乔吉哥哥一直乖乖待在家里，可它还是被黑猫吃掉了。"

房间里的所有飞蛾都沉默了。

赫伯特抚摸着赫敏的翅膀，说："我向你保证，我会好好照顾乔琳德的。我会带它去看博物馆和艺术作品，包括我最喜欢的画。难得这孩子想拓宽一下眼界。我们三天后就回来，不会有事的。"

《自画像》
保拉·莫德松－贝克尔
（1876—1907）

《花边女工》
维米尔
（1632—1675）

保拉喜欢为自己和他人画像。和我一样，她也很喜欢巴黎。

你画过自画像吗？

《断臂的维纳斯》
（约公元前 100 年）

《端坐的书记员》
（埃及第五王朝，
约公元前 2500 年）

🌿 在路上 🌿

　　一小时后，赫伯特带着乔琳德出发了。它们随风飞到附近的火车站，藏在一件绿色大衣的皱褶里等待发车。乔琳德兴奋极了，连触角都在颤抖。站台被挤得水泄不通，到处是大人、孩子、婴儿车，还有狗。几乎所有大人都一直盯着他们手里的一个小小的、扁扁的"盒子"。

　　赫伯特舅舅把乔琳德往里拽了拽，说："我必须警告你，乔琳德，参观博物馆对我们飞蛾来说是很危险的，甚至有生命危险。你必须时刻牢记这一点，绝对不能擅自行动。"

　　乔琳德吓得连翅膀都缩了起来。

　　"人类为了赶走我们，想出了很多可怕的招数。你仔细听好，他们会用一种粘虫板吸引我们，粘虫板的味道闻起来棒极了。可你一旦踩上去，就再也下不来了。还有樟脑丸……"

　　"那是什么？也是一种很好闻的可怕的东西吗？"乔琳德惊恐地问。

害虫还是益虫?

在自然界中，每种生物都有自己的使命，没有有益和有害之分。然而，人类根据动植物对自己是有害还是有益来对它们进行分类。蜘蛛就被人类归为益虫，因为蜘蛛能捕捉那些"烦人"的昆虫，比如瓢虫和蚜虫。

除了衣蛾，人类定义的害虫还包括森林里的甲虫、稻田里的蝗虫等。

赫伯特苦笑着摇了摇头，说："不，樟脑丸的味道可怕极了。"

乔琳德有些后悔。它现在不确定自己是不是真的那么想参观博物馆了。但是已经没有回头路了。只听一阵刺耳的噪声响起，车门随之关闭，火车缓缓驶出了站台。乔琳德紧紧抓住身边绿色的衣料。

"人类管我们叫'害虫'，"赫伯特解释道，"他们觉得我们会破坏他们的东西——就因为毛衣和袜子上的几个小洞！真是大惊小怪。"它无奈地摇摇头。

乔琳德很伤心，它不想被人类称为"害虫"。现在它明白为什么埃米尔的妈妈总是拿着吸尘器到处吸了。乔琳德小心翼翼地探出头去，看到房屋和街道从眼前匆匆闪过，一切都灰扑扑的。

我们是有益的！

我也是！

博物馆对许多昆虫来说都是理想的生活环境。这里有许多它们喜欢的食物，胶水、纸张、羊毛、皮革和木材都是美味佳肴。存放着未展出的艺术作品的仓库更是它们的天堂，那里阴暗又安静，温度适宜，食物充足。

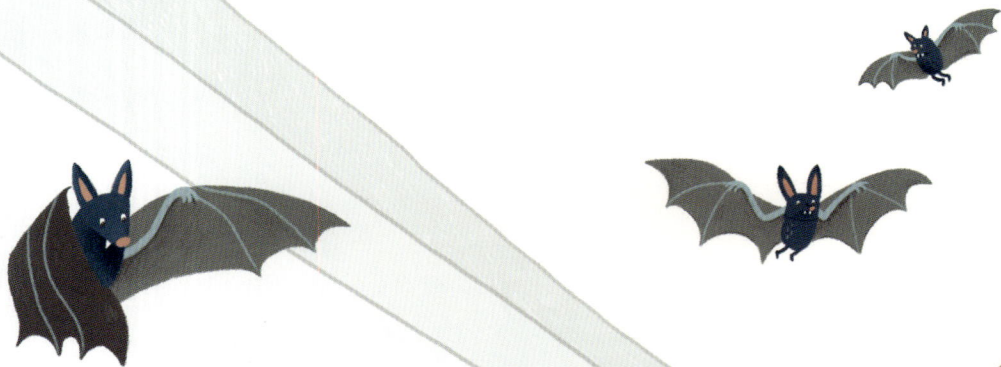

除了衣蛾以外，地毯甲虫、博物馆甲虫、木蛀虫、皮蠹、纸蠹虫甚至白蚁和老鼠，都会去博物馆、档案馆或图书馆里大吃特吃。它们都能在很短的时间内对艺术作品造成巨大的破坏。

木蛀虫

衣蛾幼虫

地毯甲虫

老鼠

这里是赫伯特不愿讨论的话题。

除害虫

过去，博物馆的工作人员会喷洒毒药杀灭害虫。今天，博物馆的工作人员则会根据艺术作品的尺寸或材料，通过喷射低温、高温或具有特殊气味的化学物质来进行害虫防治。

还有讨厌的天敌防治法，比如用可怕的寄生蜂来对付我们。

预防害虫

更好的方法是，一开始就防止动物进入博物馆。将所有的门窗都封严密，将藏品展出或收入仓库前仔细检查，定期彻底清扫博物馆的所有房间。修复师会布下黏性陷阱来寻找害虫的踪迹。

一些大型动物也会参与到防治害虫的行动中来。圣彼得堡的冬宫博物馆就"雇"了猫来驱逐老鼠，葡萄牙的科英布拉大学图书馆甚至用蝙蝠来搜寻昆虫，因此工作人员每天晚上都要给那些珍贵的木桌盖上保护罩，以防蝙蝠粪便落在上面。

皮蠹

白蚁

纸蠹虫

博物馆甲虫

"但人类自己也会搞破坏啊。他们把生机勃勃的草地变成停车场或房子。对我们飞蛾来说，人类才是害虫，"乔琳德反驳道，"大自然的害虫！他们把我们的生存空间都抢走了。"

赫伯特赞同地点了点头："你是一只聪明的飞蛾。从我们的角度看，你的想法是对的。但飞蛾的想法并不适用于人类。这完全是思考角度的问题。"

"舅舅，这是什么意思？"乔琳德问。

"是艺术还是垃圾，是有害还是有益，是好还是坏，是对还是错，大家对同一事物的看法是不一样的。"

乔琳德从来没有想过这个问题。

"艺术家创造艺术，人们在博物馆里观赏'艺术'，我们吃'艺术'。谁是对的，谁是错的？"赫伯特继续说。

"人类仅仅观赏就够了吗？都不闻一下？"乔琳德问。

"不行，这对他们来说是禁止做的事情。"赫伯特答道，"人类会小心翼翼地保护艺术作品，不想让它们发生任何变化。博物馆里甚至还有专门负责这类工作的修复师。"

"但一切都会发生变化——变坏，或者被吃掉，这才是正常现象。"乔琳德说。

修复师是做什么的?

修复师的任务是确保艺术作品不发生任何变化。为此,他们会监测外部环境,比如光线、温度、湿度以及虫害情况。他们还必须熟悉各类艺术作品的创作技法和所使用的材料。修复师的工作包括打理艺术作品、补全残缺的艺术作品,以及将破碎的艺术作品重新组合在一起。"修复"并不等于"创造",修复工作最重要的是尽可能地将艺术作品恢复原样。修复艺术作品时,每一步都必须经过深思熟虑,并用照片和文字详细记录下来。

修复师在哪里工作?

你可以在博物馆里的工作室、仓库或者展厅里见到修复师的身影。他们还会参与艺术作品的转运工作,因为有时艺术作品会被借出或出售给其他博物馆。除博物馆外,修复师还可以为教堂、城堡或私人收藏家工作。

⚘ 在博物馆里 ⚘

　　一群小学生在博物馆入口排队。看着孩子们边玩边笑，乔琳德心情也跟着好了起来。

　　"我们一会儿跟着孩子们一起混进去。"赫伯特说。

　　乔琳德藏在一个男孩的肩膀上进入了博物馆的大厅。它目瞪口呆。这里有太多值得看的东西了：不仅有画，有可口的挂毯，有瓷器，有盔甲，甚至还有来自皇室的斗篷。赫伯特得意扬扬地朝乔琳德递了一个眼色。它立在一位老师的黑色发卡上，伪装成蝴蝶饰品。已经有孩子看到了它，并且开始窃窃私语。

　　"你们可以坐在那儿，"老师站在一幅画前说，"把你们的画具拿出来。"

许多博物馆都会为小朋友提供特别的服务：有趣的导游，语音导览，或者互动簿。你可以在服务台获取相关信息。你有没有像赫伯特一样找到自己最喜欢的画？找到想要临摹的画了吗？有没有听到有关艺术作品的趣事呢？在这里画一画或写一写吧。

博物馆的构造

博物馆里面是什么样子的？谁在里面工作？

监控室

办公室

咖啡厅，卫生间

存包处

纪念品商店

仓库

书店

展厅

修复工作室

33

赫伯特向乔琳德示意继续往前飞。于是两只飞蛾离开小学生们，飞向头顶的吊灯并藏在了那里。

"我喜欢博物馆。"乔琳德低声说，"现在我明白您为什么喜欢住在这里了。艺术真是太棒了！"

赫伯特微笑着说："欢迎来到博物馆！今晚我们就睡在我最喜欢的画后面吧。不过，睡前我们还要来一次观光飞行，我来向你介绍有关这里的一切。等人类都走了，这里还是挺安静的。"

"那时就只剩我们了吗？"乔琳德问。

"还有其他居民。一些昆虫、几只老鼠，以及守夜人恩斯特。"

为什么要保护艺术作品？

每件艺术作品都是独一无二的，一旦丢失就麻烦了，它们没有替代品。一些材料非常珍贵或者艺术价值非常高的艺术作品就经常被一些不怀好意的人惦记上。

艺术作品都很贵重吗？

艺术作品的价值常常难以确定，会随着艺术家的知名度和受欢迎程度波动。比如荷兰画家文森特·梵高（1853—1890），他生前穷困潦倒，根本无法靠绘画维生。如今，他的画价值连城。

《夜晚露天咖啡座》，文森特·梵高，1888 年

《救世主》，达芬奇，约 1500 年

最贵的艺术作品值多少钱？

目前最昂贵的艺术作品可能是达芬奇的《救世主》。2017 年，这幅画在伦敦佳士得拍卖行以 4.5 亿美元（包括佣金，时值约 30.38 亿人民币）售出。

"什么是守夜人？"乔琳德问。

"就是在夜间保护博物馆的人。
但恩斯特通常都在睡觉。他有四个孩子，
白天实在是太累了，只能在这里睡觉。"

"可这样不就没有人守护艺术作品了吗？"乔琳德关切地问。

"不会有事的。博物馆就是为了保护艺术作品而建立的。人类的安保
措施做得很好，恩斯特可以放心地睡。"赫伯特看了一眼乔琳德，继续说，
"就算有意外，不还有我们吗？"

你的画也是独一无二的。你可以在这里
画一幅画，或者在这里贴上你的画作。

烟雾警报器

人类是这样保护艺术作品的。

环境监测

博物馆内装有温湿度监控装置，以便时刻监测馆内的温度和湿度。有些展馆内十分昏暗，因为有些材料对光敏感，比如纺织品和水彩画受到强光照射就会快速褪色。

艺术作品安保

博物馆的展柜周围设置了围栏和红外线幕墙，以防人们靠近或接触展品，一旦有人接近就会触发警报装置。展品本身也被一种特制螺钉牢牢固定住了，螺钉上面的传感器可以监测重量的变化，一旦展品被抬起或取下就会触发警报装置。

温湿度
监控装置

红外线幕墙

博物馆的门十分坚固，窗户外安装了防盗栏，可以防止窃贼进入。此外，还有由移动检测器、玻璃破碎探测器和视频监控装置组成的警报系统保障艺术作品的安全。

防火措施

火灾警报器或烟雾警报器非常重要，因为一场大火就能让艺术作品灰飞烟灭。

视频监控装置

带传感器的
特制螺钉

等最后一位游客离开博物馆、守夜人
恩斯特开始值班后，赫伯特和乔琳德就开
始了它们的观光飞行。赫伯特是一位热心
的博物馆向导。它知识渊博，滔滔不绝地
向乔琳德讲解着有关艺术作品和博物馆的
一切，乔琳德都听晕了。这里除了展品，还有
许多值得一看的设备或装置：温湿度监控装置、
烟雾警报器、移动检测器，以及一些令乔琳德毛骨
悚然的陷阱——这一切都是为了保护艺术作品。

烟雾警报器、紧急出口、移动检测器……乔琳德低声
咕哝着。

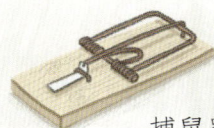

捕鼠器

新鲜事

在睡觉前，赫伯特还带着乔琳德去拜访了自己最好的朋友：卡里姆和布娜，两只圆圆的、小小的地毯甲虫。它们俩都是东方地毯方面的专家。它们的祖先曾乘着马车沿丝绸之路从中国去意大利，还曾骑着骆驼穿越沙漠、在绿洲扎营。它们的曾曾曾祖父不小心被卷到地毯里，最终随地毯一起来到了博物馆。从那时起，来自异域的地毯甲虫就成了博物馆里的美食家。

"比如布娜，它只吃顶级骆驼毛，而且最好是红色的。"卡里姆介绍道。

布娜咯咯咯笑出了声，接着卡里姆的话说："卡里姆喜欢黑色的，最好是两百年以上的。"

乔琳德筋疲力尽。它连眼睛都睁不开了。布娜摸了摸它的头，说道："好好睡吧，乔琳德。别怕，赫伯特会陪着你的。"

赫伯特喝了一口茶，自豪地说："乔琳德现在也是博物馆达人了。我为它进行了详细的讲解，就算我不在也不会有问题的。"

它们要么从敞开的窗户或门缝飞进或爬进博物馆，要么像赫伯特和乔琳德一样跟着游客一起进入博物馆。

害虫是如何进入博物馆的？

另外，害虫还可能直接藏身于艺术作品中。几年前就有一群白蚁随着"卢夫船"从南太平洋来到了柏林民族博物馆。这些小小的偷渡者一路漂洋过海，从美拉尼西亚直达民族博物馆的仓库。

夜深了。乔琳德和赫伯特告别了卡里姆和布娜，向赫伯特最喜欢的画飞去。它们从画框和墙壁间的狭缝中钻了进去，舒舒服服地落在了画框背面。

"这是一幅油画，"赫伯特解释道，"先把画布蒙在画框上，再用楔子绷紧。"赫伯特爬到画框的一角，把楔子指给乔琳德看。

乔琳德疲惫地点了点头，它现在只想睡觉。

"当然了，纸、木头、金属甚至玻璃上都能画画……"

乔琳德打了个哈欠。赫伯特舅舅还在兴奋地说个没完。

把油画挂上墙，总共分几步？

油画的构造

首先要准备画框。将画布粘在或者绷在画框上，再在画布上涂一层白色的底漆，就可以提笔作画了。等到画出满意的作品且颜料干透，再刷一层清漆，就完成一幅作品了。这层透明的清漆可以保护画作，并让颜料闪闪发亮。

创意

应该画什么？

田园风光、一座城市、一个房间、一个人、一群人、一些物体，抑或一次重大事件，都可以画。如果只画一个人，那么这幅画就是肖像画。如果画的是静止不动的物体，那么这幅画就是静物画。而在画抽象画时，画家脱离了这些形式，不会客观地描绘事物。

颜料

过去，人们无法买到现成的颜料，因此很多画家将有颜色的泥土、宝石、动物尸体或植物研磨成细细的粉末，自己制作颜料。

结合剂

画画时，有彩色的粉末还不够，画家还需要用胶水使彩色粉末服帖地待在画上，这里说的胶水就是所谓的结合剂。现今的结合剂通常是人工合成的材料，过去的结合剂则多是油、蛋、乳制品、蜡或植物胶。画家将彩色的粉末和结合剂混合，就能调出自己想要的颜色。

我们如何知道画的创作者是谁呢？

画家通常会将自己的名字写在画作的一角，也就是所谓的签名。

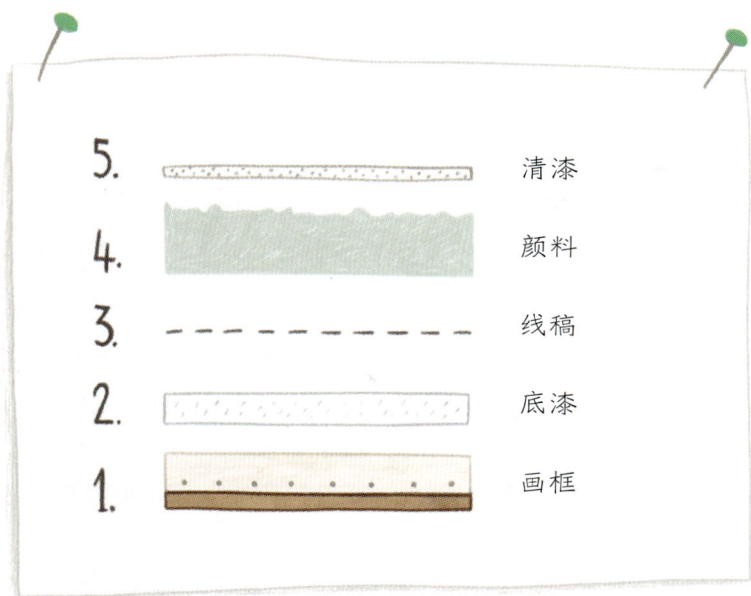

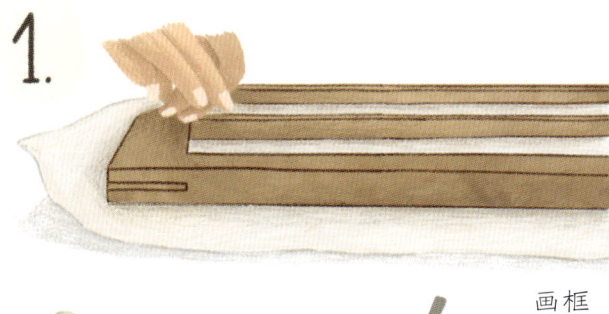

5. 清漆

4. 颜料

3. 线稿

2. 底漆

1. 画框

画框

2. 底漆

3. 线稿

4. 颜料

有机颜料

艳丽的红色颜料是用干燥的胭脂虫尸体制成的。

赫伯特瑟瑟发抖。当然了，这对飞蛾来说非常可怕。

藏红花不仅可以用来给食物调味，还可以用来画画。明亮的黄色颜料就来自某种藏红花干燥的柱头。

最昂贵的颜料之一是由深蓝色青金石制成的群青色颜料。青金石这种稀有的宝石是商人从阿富汗带来的。

5.

清漆

"明天还有一场新的冒险，你回家之后可以和你的兄弟姐妹们炫耀了。"赫伯特开心地宣布，"我们会去仓库，那里是博物馆存放真正的宝贝的地方。你一定会大开眼界的。"

乔琳德简直无法想象，难道明天还能比今天更加精彩？

"晚安，赫伯特舅舅。"它刚说完就睡着了。它梦见自己成了一位著名的艺术家，正在将彩色的羊毛线粘到纸上。

博物馆的仓库是什么？

博物馆的仓库就是一间井井有条的、装有监控设备的储藏室。当前未展出的藏品都保存在那里。仓库可能就设在博物馆内，也可能是一座单独的大型库房，具体大小取决于藏品的数量。

人类如何管理博物馆的仓库，又如何从仓库里找到藏品呢？

博物馆里的每一件藏品都有一个编号，以及对应的照片和文字记录。另外，人们还记录了每一件藏品的确切位置，以便快速找到想要的藏品。

你愿意帮助乔琳德完成它的作品吗？
用你最喜欢的材料创作吧。

彩色的羊毛线

小　偷

一阵剧烈的晃动惊醒了赫伯特和乔琳德。

赫伯特急忙飞了起来，边飞边惊恐地叫："地震了！一定是地震了！"

乔琳德惊慌失措地紧紧抓住画框，害怕地环顾四周。展厅看起来没有任何变化。夜灯的微弱光线在门上闪烁。乔琳德小心翼翼地从画框边缘向外探出头观察。

"只有我藏身的这幅画在动！"乔琳德心想。

只见一名黑衣男子拿起画，小心翼翼地把它放在一旁的毯子上。在被压死前，乔琳德及时从画框下面爬了出来。毯子的味道闻起来像马的味道。这名男子从裤兜里拿出一把锋利的刀和一把螺丝刀。

《蒙娜丽莎》失窃案

　　1911 年，这幅世界名画被人从卢浮宫盗走。卢浮宫当时的一名工作人员在壁橱里躲到晚上，将画偷偷从画框上取下，并在第二天早上偷偷把画带出了卢浮宫。

　　就连著名画家巴勃罗·毕加索也曾一度被怀疑参与了这起盗窃案。两年后被盗窃者挂牌出售时，这幅画才重新出现在世人面前。

　　"是小偷。他会毁了这幅画！"赫伯特边喊边飞了起来。

　　伴随着一声怒吼，赫伯特冲向了戴着黑色针织面具的小偷。乔琳德瘫坐在毯子边，吓得浑身僵硬。

　　赫伯特瞄准小偷的眼睛飞了过去。

　　就在赫伯特快要偷袭成功时，它被小偷发现了。赫伯特被一手打飞，跌落在大理石地板上。乔琳德发出一声惨叫，它颤抖着爬向赫伯特。

　　"赫伯特舅舅！"乔琳德抽泣着抚摸赫伯特弯曲的触角。它的右翅被撕裂了。博物馆飞蛾就这样躺在地板上，一动不动。

　　它还活着吗？

乔琳德果断地拽住赫伯特，试图将它拖到墙边。赫伯特动弹不得，很难被拖动。飞蛾姑娘使出了吃奶的力气，它怕小偷一不小心踩到赫伯特舅舅。

突然，赫伯特的翅尖颤抖起来。

"那幅画！"它有气无力地说，"你必须做点儿什么，乔琳德。无论如何，必须保护好那幅画。"赫伯特一说完就昏迷了。

乔琳德感到绝望。该怎么办？它只是一只来自乡下的小飞蛾啊！

乔琳德努力地回忆赫伯特讲过的有关艺术作品安保的内容。但当时它已经很累了，只听进去了一半。

一根楔子，又一根楔子，小偷慢慢地从画框上取下那幅画。

必须叫醒守夜人恩斯特！那是唯一的办法。但是该如何做呢？

突然，乔琳德有了一个想法。或许可以这样！

它鼓起飞蛾扑火般的勇气飞过展厅，挤进了藏在两块地砖间的布娜和卡里姆的住所里。

它兴奋地把自己的计划告诉了它们。

"这行得通吗？"卡里姆怀疑。

"人类还有很多画，尤其是仓库里，还有很多很多。人类会用其他画替代这幅画的。"布娜试图让飞蛾姑娘冷静下来。

　　"但这是赫伯特舅舅最喜欢的画！而且我也喜欢。我因为这幅画才来到这里。我们绝不能失去它。赫伯特舅舅说艺术是属于大家的，所以这幅画也属于我们。"

　　布娜和卡里姆交换了一个眼神。

　　"不管怎么说，这听起来很危险。你不愧是赫伯特的外甥女，赫伯特就喜欢冒险。"卡里姆咧开嘴笑着说，"我们也喜欢冒险，对不对，布娜？"

　　"我们会帮助你的。"布娜点了点头。

艺术守护者

两只地毯甲虫去找它们的朋友帮忙。博物馆"害虫"们在几分钟内就做好了准备。噼啪声、啃咬声和沙沙声充满整个展厅。

小偷在专心干活，没有听到周围的喧嚣声。

"要怎么做？"一只长着弯曲的长触角的蛀木甲虫问道，"我们要不要把巨人打倒？"

"或者吓唬他一下，"一只蜘蛛咯咯地笑着建议，"很多人都害怕蜘蛛，不管它们是大是小。"

"他绝对不怕你，"蛀木甲虫说，"你的腿纤细又光滑。人类害怕那种腿粗又多毛的昆虫。"

"要不我飞到他的耳朵里去？"卡里姆提议。

"都不行！"乔琳德坚定地拒绝。

它很庆幸赫伯特舅舅详细地向它介绍了博物馆里的安保设施。大家都满脸期待地看着乔琳德。

"我们必须团结在一起。会飞的都要参与。我们要组成一个密集的群体来触发移动检测器。"

"这行不通。那东西对昆虫没有反应。"蜘蛛插话道。

"的确。所以我们要团结一致。听我的口令，"乔琳德喊道，"我带头！都跟在我身后！一、二、三！"

昆虫们嗡嗡嗡地腾空而起，"尘土"飞扬。小偷一头雾水地环顾四周，却什么都没看见。乔琳德一遍又一遍地调整，直到大家都找准了自己的位置。然后它带领大家靠近移动检测器。第一次尝试！

什么都没发生。

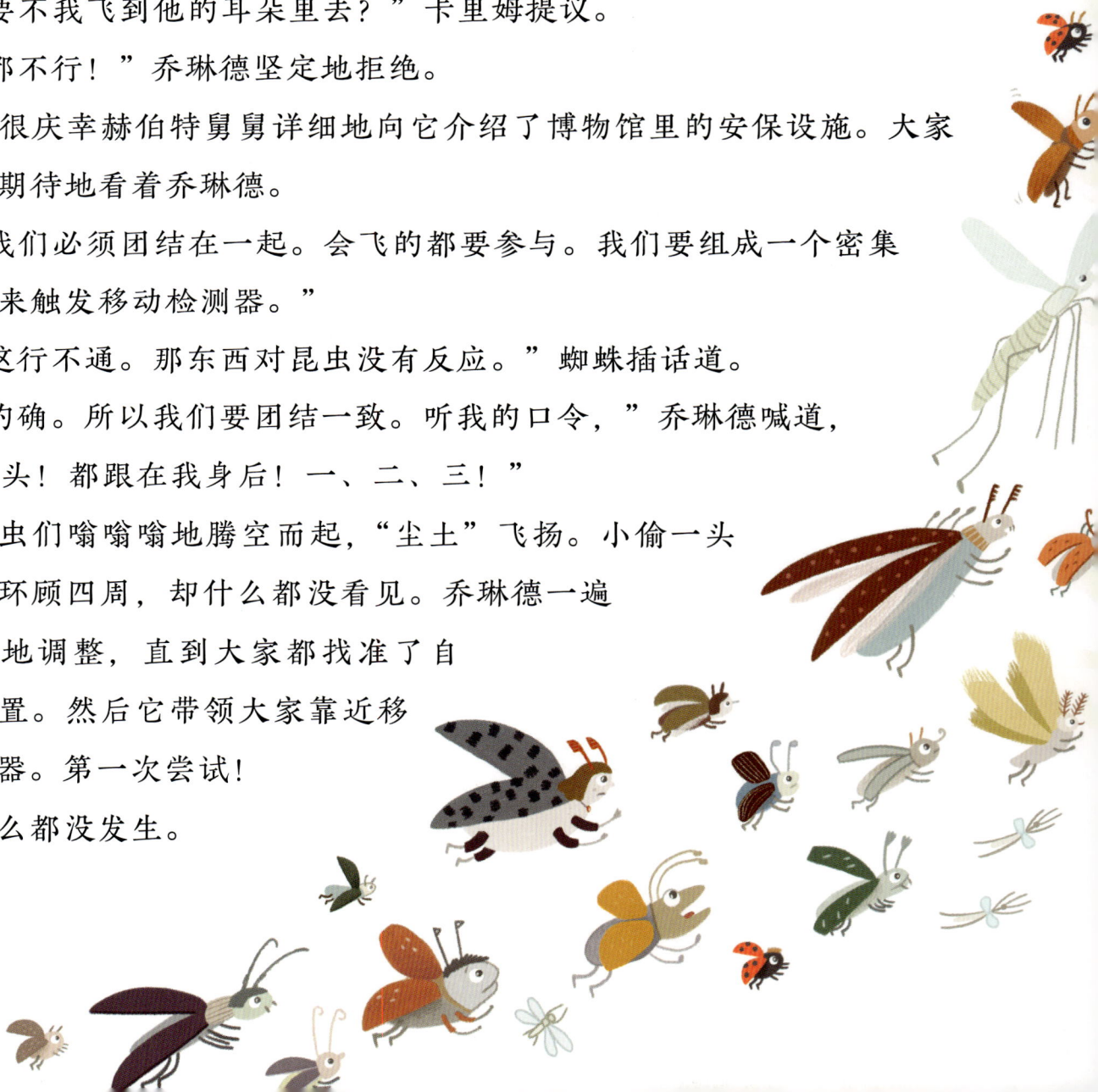

金币失窃案

2017 年，一枚重达 100 千克的超级金币——"大枫叶"在柏林博德博物馆被盗。这枚独一无二的纪念币的正面雕刻着英国女王伊丽莎白二世的肖像，盗窃者借助梯子爬进了博物馆，且没有触发警报装置——不过他们并非用了什么特别的技术，而是安保公司的一名员工帮助了他们。他们将这枚金币切开变卖。这些黄金在当时价值 375 万欧元。后来，盗窃者被捕并被判处数年监禁。

"再来一次！"乔琳德喊道。

"飞行员们"乖乖照做。

遗憾的是，第二次尝试也失败了。博物馆里静悄悄的。小偷现在已经完全卸下了那幅画，正在把它卷起来。

"没用的，"蛀木甲虫喘息道，"那东西怕是坏了。"

"我头都晕了。"布娜抱怨道。

"最后一次，再试最后一次。"乔琳德恳求道，"看在赫伯特的分上，求求你们了。我们必须尽可能地聚成一团，就好像我们是一体的。只有这样才能成功。"

"我的头总是碰到蛀木甲虫的翅膀，痒死了。"卡里姆抱怨道，"这家伙离我太近了。"

"就要这样！我们就要这样紧紧靠在一起！"乔琳德给大家加油，"来吧，最后一次！至少尽我们最大的努力。"

大家都不想让乔琳德失望。

这一次，它们像一只大型动物一样冲向了移动检测器。

突然，灯亮了。一阵震耳欲聋的警报声传来。

嘟嘟！嘟嘟！嘟嘟！

乔琳德被吓得摔倒在地。其他昆虫也纷纷逃回自己的藏身之处。

乔琳德爬到赫伯特身边。不久之后，五名警察逮捕了小偷。

损坏艺术作品的不仅有害虫，
还有人类，虽然他们有时是故意的，有时是无心的。

故意损坏

艺术作品在博物馆中也会遭到破坏，因此博物馆的管理者要格外留意参观者的行为。

《蒙娜丽莎》仅 1956 年这一年内就两次遭到破坏。一位参观者用酸性液体烧毁了这幅画的一部分，另一位参观者则向这幅画投掷石块。在此之后，这幅画就被工作人员用防弹玻璃保护了起来。

在阿姆斯特丹国立博物馆，一名男子用刀割坏了伦勃朗的《守夜人》。不久之后，另一名男子又朝这幅画泼洒酸性液体。2019 年，博物馆对这幅画进行了长达数月的公开修复。

无心擦除

有时，一件艺术作品可能因为不被了解而遭到破坏。这种事曾发生在约瑟夫·博伊斯的作品上。1986 年，杜塞尔多夫艺术学院的工作人员热心地将博伊斯的作品《油脂角落》上的油脂擦除了，毁掉了这件作品。

伪造

艺术作品不仅可能被盗，还可能被伪造。有时赝品做工精良，连艺术鉴赏家都难以分辨真伪。因此，有专门的实验室检测画作的绘画技巧和材料，警方也设有负责鉴定绘画作品真伪的部门。

制作赝品有很多种方法。最简单的方法是在一幅老画上签一位著名画家的名字。稍微复杂一些的方法是临摹一幅真迹已经遗失、只有仿作或照片留存的画，然后将临摹的画充当真迹出售。而最复杂的方法则是仿照知名艺术家的风格创作全新的作品。

《吻》，古斯塔夫·克里姆特，1907—1908 年

赝品博物馆

维也纳甚至有一座只展示赝品的博物馆。令人惊讶的是，一些造假者可以完美地模仿著名画家的真迹。他们通常自己制作颜料并使用古旧的画材作画。

《美国哥特式》，格兰特·伍德，1930 年

找出赝品五处不同于真迹的地方。

震惊人类

第二天早上，博物馆馆长、修复师和安保负责人一起来到守夜人值班室。经过一个这样刺激的夜晚，恩斯特脸色苍白，疲惫不堪，却没有和往常一样呼呼大睡。

大家都盯着监控屏幕，上面正回放着昨晚的监控录像。

起初，展厅里空无一人。但随后，一袭黑衣的小偷现身了。

"这家伙藏在哪儿的？"修复师问。

"可真是个疯子。"安保负责人难以置信地摇了摇头。

只见小偷铺开一条毯子，从墙上取下一幅画。突然，他做了一个手势，好像在赶走一只烦人的苍蝇，然后又继续拆画。

"他想把画拆下来，卷好带走。警方在他身上发现了一份复制品，他可能想用赝品替换真品，然后在博物馆里等上一夜，天亮后再和第一批参观者一起离开。不错的计划。"安保负责人猜测道。

四人继续看着屏幕上的黑色身影。

小偷还在专心致志地拆画。突然，不知从哪里冒出了一团飞速移动的黑影。

"是飞蛾！"修复师震惊地叫道，他仔细看了看后继续说，"飞蛾和其他虫子！没想到馆里居然有这么多，真是灾难！"

昆虫们向移动检测器冲了足足三次。

"吃艺术作品的虫子却守护了艺术作品！"馆长惊叹道。

"就是它们触发了警报装置，"安保负责人用螺丝刀挠了挠后脑勺，说，"是这些害虫！"

赫伯特在卡里姆和布娜的家里休养。

"真高兴你没事儿。"布娜拍了拍赫伯特。尽管翅膀上多了几道裂纹，但好在它还能飞行，只是比从前慢了一点儿而已，翅膀上五彩斑斓的颜料也不见了。

"差点儿出事。"赫伯特说，"幸好有乔琳德……"

卡里姆和布娜也点头表示同意。

"你要留下和我们一起吗？"卡里姆问乔琳德，"你现在在博物馆里和你舅舅一样出名了。"

乔琳德摇了摇头，说："这里真的很棒，我真的很喜欢艺术，也很喜欢大家。但我还是想回家找我的兄弟姐妹和妈妈。"

"想家了？"布娜问。

"是的。"乔琳德低声说。

赫伯特的小道消息

艺术家兼研究员玛丽亚·西比拉·梅里安画的蝴蝶和飞蛾特别漂亮。她于1647年出生在法兰克福，从小就喜欢观察昆虫。

赫伯特确信它的曾曾曾祖母出现在了梅里安的著作《毛毛虫的华丽蜕变及其奇特的寄主植物》中。

玛丽亚·西比拉·梅里安

137

138

归 乡

"是乔琳德和赫伯特舅舅！"乔纳喊道，"它们回来了！"飞蛾一家立马从藏身之处飞了出来。

"终于回来了。太感谢你对乔琳德的照顾了！"赫敏兴奋地喊道。

赫伯特微笑着说："不用谢。乔琳德是个聪明的孩子。它不仅知道如何保护自己，还保护了我和我最喜欢的画。"

兄弟姐妹把乔琳德团团围住，问个不停。今天，讲述冒险故事的不再是赫伯特，而是乔琳德。大家都专注地听着它说的每一个字。

"博物馆里究竟什么样儿？真的这也不许、那也不许吗？"乔希问。

"博物馆宏伟壮观，里面的艺术作品我很难用语言形容。但是埃米尔的画……"说着，乔琳德环顾四周，"也真的很棒。很高兴回家，和你们在一起。"

这里是你发挥创意的空间。

你想画一只飞蛾吗？还是五颜六色的三角形和圆圈？或者蚂蚁？在艺术领域，一切皆有可能，一切都被允许！